e.m. de melo e castro

infopoemas

1998

Capa: *Do autor, parte integrante do projeto* Algorritmos.
Editoração eletrônica: *Estúdio O.L.M.*
Fotolito: *Helvética editorial*

Dados Internacionais de Catalogação na Publicação (CIP)
(Câmara Brasileira do Livro, SP, Brasil)

Castro, Ernesto Manuel de Melo e, 1932–
Algorritmos : infopoemas / E.M. de Melo e Castro. — São Paulo : Musa Editora, 1998. — (Musa infopoesia ; 1)

ISBN 85-85653-35-3

1. Poesia portuguesa I. Título.

98-1512 CDD-869.17

Índices para catálogo sistemático:
1. Poesia : Século 20 : Literatura portuguesa 869.17
2. Século 20 : Poesia : Literatura portuguesa 869.17

Musa Editora Ltda.
Rua Monte Alegre 1276,
05014-001 São Paulo SP

MUSA
EDITORA

Caixa Postal 70.539
05013-990 São Paulo SP
Tel e Fax: (011) 3862-2586
(011) 3871-5580

Impresso no Brasil 1998 (1ª ed.)

SUMÁRIO

UMA POÉTICA DO PIXEL

— Mas ... é uma poética do pixel!

Observação de Won Bock Park,
aprendiz de infopoesia, como eu...

1

PIXEL é o mais pequeno elemento de uma imagem na tela do computador.

Unidade de composição: as imagens virtuais são compostas de pixels.

Unidade de análise: as imagens virtuais decompõem-se em pixels.

Unidade de recomposição e síntese, os pixels são os elementos que, pela sua mobilidade num sistema de coordenadas X e Y, permitem a transformação das imagens virtuais. Transformação = sua primeira propriedade poética.

Pixel, unidade de energia luminosa, portanto desmaterial, de dimensão zero, tal como o ponto, capaz de gerar imagens de dimensões inteiras (um, dois ou três) e também de dimensões não inteiras, fractais.

Pixel, unidade mínima da percepção visual proporcionada pelos meios informáticos, mas por isso mesmo também a unidade da construção infopoética. O ideal de concisão e de condensação da estrutura poemática será

um poema constituído por um só pixel. Um só que conterá todos. Todos que se sintetizarão em um só pixel. Pixels-pixel.

A construção de imagens virtuais infopoéticas é em si própria uma transgressão do quadro convencionado, quer pelas escritas ideográficas, quer pelas escritas alfabéticas. Agora o único signo é o PIXEL, branco de significado, mas que pela sua mobilidade nos eixos X e Y da tela do computador, pode adquirir diferencialmente todos os significados que resultam da sua posição. Coordenado com um sistema de luz RGB ou outro sistema de cor, pode também diferencialmente tornar-se expressivo aos nossos olhos originando sensações coloridas, simultâneas e diversas.

Uma poética do pixel começa a se configurar.

A construção de imagens assim desmateriais constitui-se em poética porque produz sensações elas próprias capazes de modificar a percepção, tanto do operador que as produz como dos destinatários fruidores, potenciando a capacidade do operador e elevando o grau da complexidade da fruição estética para níveis dificilmente imagináveis e que de outro modo não seriam alcançáveis.

2

Uma objeção comum está contida na seguinte pergunta que direta ou indiretamente é posta: — Mas afinal onde fica o eu do poeta?

Tal pergunta provém de um temor ancestral de que o eu humano possa de algum modo ser substituído pelo eu de uma máquina, o que contém um ranço ontológico ainda corrente, mas já inadequado para sequer considerar os problemas presentes. Penso que a essa pergunta se deverá responder do seguinte modo: — O eu do poeta fica onde sempre esteve, isto é, no próprio poeta, isto para aqueles que têm um eu...e que colocam esse eu em jogo no exercício da criação.

É que a criação poética não envolve necessariamente o eu do poeta nem ele se confunde sempre com o enunciador do poema, podendo até distinguir-se várias colocações do eu perante o texto que ele próprio produz.

Fernando Pessoa falou mesmo em quatro graus da poesia lírica, que podem ser assim esquematizados: No 1º grau o eu do poeta exprime-se diretamente e confunde-se com o enunciador no tratamento de temas da sua própria expressividade; no 2º grau o eu manifesta-se auto-reflexivamente acerca de si próprio e do mundo em que se encontra, podendo até ser irônico o crítico; no 3º grau o poeta fala de outros eus e de outros assuntos, manifestando um distanciamento do seu eu em relação a eles — é o grau da poesia referencial, épica ou social; no 4º grau o poeta cria outros eus que são os eus enunciadores e se manifestam diferentemente de si, nos textos que ele próprio cria: é o grau da heteronímia e da poesia dramática. Este é o grau em que Fernando Pessoa se colocaria.

Mas desde o tempo de Pessoa algumas coisas novas ocorreram que me levam a completar estes quatro graus com mais dois, seguindo o mesmo critério crítico que penso estar inteiramente correto. Assim no 5º grau o eu do poeta faz aparecer o eu do texto como entidade autônoma. Estamos agora no nível metalingüístico da metapoesia, ou da poesia da poesia que tanto predominou nos anos 50 e 60; o 6º grau é o da infopoesia, agora com utilização simultânea de signos verbais e não verbais para, através de instrumentos informáticos, criar estruturas poemáticas de alta complexidade visual, complexidade essa que também se manifesta simultaneamente no nível semântico. As relações homem-máquima são agora enfatizadas devendo ser considerado que o eu do poeta e a noção de autor-operador não podem nem devem ser confundidas.

3

Se as sinergias geradas pela interação no triângulo constituído por operador+software+hardware diluem a noção de autor, elas, por seu lado, potenciam a ação total em que o processo criativo se desenrola. Se o autor é relativizado, o seu trabalho torna-se exponencial e inesperado. Se o processo em si próprio não contém a noção de fim, já que pela mobilidade própria dos pixels as infoimagens podem sempre ser transformadas, então cabe ao autor-operador a função exclusiva de conduzir a intencionalidade do processo e de exercer, ao mesmo tempo, a crítica dos resultados visuais obtidos.

A velocidade e o rigor das ações permitidos pela máquina é um poderoso fator de estímulo para a inventividade e diversidade das intervenções do operador e da sua capacidade de decisão crítica.

Um processo para-racional se instala então no operador que vai caracterizar as imagens como suas. É um processo claramente abdutivo que pode chegar a representar uma outra forma de subjetividade ou mesmo originar algo a que se poderia chamar de subconsciente artificial.

Tal processo poderá fazer aparecer na tela de um operador assíduo e experimentado, imagens que correspondem às do seu mais íntimo imaginário privado.

Hoje acredito, após alguns anos de produção de infopoesia usando diferentes sistemas informáticos e com diferentes programas, que é muito mais desse fenômeno que depende a qualidade poética dos infopoemas produzidos do que das máquinas utilizadas.

É igualmente certo que cada máquina encerra também um "eu" que é de algum modo uma projeção de eu do seu inventor e que condiciona a sua específica maneira de reagir à manipulação pelo operador, indo até às características dos produtos que origina. Isto aplica-se tanto para o hardware como para o software informático, ou qualquer outro produto tecnológico.

Para o bem ou para o mal, qualquer invento científico ou produto tecnológico pode, maniqueisticamente, ser usado. Paul Virilio afirma mesmo que cada produto tecnológico contém em si a sua específica capacidade de desastre, que mais tarde ou mais cedo se manifestará.

Pessimista ou otimista que seja o nosso ponto de vista, não deve ser esquecido que em grande parte os desastres tecnológicos ou os usos maléficos e destrutivos dos produtos tecnológicos dependem em primeiro lugar de nós próprios, seus utilizadores. Por isso a função crítica do operador não pode deixar de ser sempre enfatizada.

O uso da tecnologia informática para a produção de infopoesia e o desenvolvimento de uma nova área de especulação estético-filosófica a que aqui chamo de poética do pixel, com ênfase no processo transformativo e por isso lúdico e não imediatamente enquadrável numa sociedade economicista, é justamente uma das formas de humanização dos recursos tecnológicos com vista à prevenção dos seus possíveis efeitos de desastre.

4

Um outro conceito que nesta poética tem um lugar proeminente é a noção de ruído, pela sua capacidade transformadora das mensagens e pela sua contribuição para o aumento da complexidade das relações entre os emissores e os receptores e portanto das condições de produção e fruição. Já em 1960, o cientista Heinz von Foerster apresentou a idéia da "ordem a nascer do ruído" contrariando a idéia tradicional da "ordem a nascer da ordem" segundo as chamadas leis naturais. Mas como o aumento da entropia nas nossas sociedades não cessa de produzir a desordem, Edgar Morin fala de uma permanente tensão entre "ordem, desordem e organização" e René Thom, em sintonia com o princípio da "ordem pelo ruído", estuda e teoriza o modo como uma pequena perturbação das condições iniciais de um processo pode ser a origem de grandes e inesperadas transformações nos sistemas dinâmicos, a que chamou "catástrofes". Julgo ser este o modo de agir próprio da poesia e muito especialmente da infopoesia pelo seu caráter de utilização nova e transgressiva dos meios informáticos: uma pequena ação, um ruído, que é capaz de co-elaborar catástrofes emocionais que são novas ordens na percepção do mundo, das sociedades e de nós próprios.

Transformáveis que são e também como signos de transformação da percepção individual e da sociedade contemporânea, a fixação em papel ou noutro suporte, como a fotografia, o vídeo, ou o CD-ROM, dessas imagens virtuais que são energia luminosa, são apenas atualizações instantâneas de um momento da sua existência. São mesmo uma violência exercida pelo operador contra a natureza transformável e instável dos infopoemas, cuja razão será uma constante transformação, até atingirem o nível da síntese última de um único PIXEL branco numa tela branca. Branco sendo a síntese de todas as cores. LUZ.

Mas a capacidade de transformação das imagens virtuais tem profundas conseqüências na estétida da infopoesia que estão muito para além do uso simultâneo e em pé de igualdade de signos de representação e função gráfica muito diferente, tais como os signos létrico-verbais e os signos não-létricos, não-verbais nem ideográmicos. Trata-se muitas vezes de qualissignos com caráter acentuadamente icônico-diagramático.

Esse processo de transformação sucessiva consiste em deslocações de pixels segundo metodologias específicas, tais como: transformação por deformação ou por deslocação anamórfica; por sobreposição transparente ou com diversos graus de transparência, gerando padrões de interferência, cumulativos ou apenas casuais. Transformações segundo equações de redistribuição de pixels (filtros); inversões positivo/negativo; por ruído; por reflexão semelhante, auto-semelhante, radial ou divergente; simulação tridimensional por perspectiva ou por projeção espacial; simulação de animação por ciclo de cores; transformação randômica; por repetição, escala ou seriação; etc.,etc..

Também a consideração de uma geometria rígida não é mais adequada à razão da existência transformativa das imagens infopoéticas. Tal geometria, de origem euclidiana, baseia-se no quadrado, no círculo e no triângulo, ou em três dimensões, no cubo, na esfera e no tetraedro, como na Bauhaus e em Kandinsky, chegando mesmo a estabelecer uma relação perceptiva entre estas formas e as três cores primárias no sistema subtrativo, como sendo vermelho para o quadrado-cubo, azul para o círculo-esfera e amarelo para o triângulo-tetraedro.

Mas uma outra geometria de coordenadas e formas variáveis é agora necessária. Uma geometria em que a transformação seja em si própria uma componente estrutural. Tal geometria pode ser iniciada considerando como formas variáveis a DOBRA, a ESPIRAL e a MOLA, dentro de um espaço bi ou tridinensional, já que no espaço bidimensional da tela do computador se podem fazer representações tridimensionais.

Importa agora, como caraterização de um universo referencial, fazer uma citação de Álvaro de Campos, heterônimo de Fernando Pessoa, que termina assim o seu longo poema introspectivo PASSAGEM DAS HORAS, escrito em 22 de Maio de 1916:

"Cavalgada desmantelada por cima de todos os cimos
Cavalgada desarticulada por baixo de todos os poços
. . . .

Meu ser elástico, mola, agulha, trepidação ..."

A aguda (agulha) percepção intrasubjectiva do poeta leva-o a identificar-se com a elasticidade das formas, com a energia em sístole e diástole da mola, com a trepidação, sinônimo de instabilidade e transformação plástica, de si próprio e por isso da matéria do mundo concebido em níveis que reciprocamente se repercutem, em cima e em baixo. Elementos-imagem de uma concepção geométrica dos sentidos, fluida e instável,como é a que a infopoesia nos propõe.

Gilles Deleuze, ao estudar a noção de dobra em Leibniz, aponta para algo de semelhante que no Barroco se iniciou, caracterizando-se a dobra, frente a uma geometria de linhas retas da Renascença, pela simultaneidade do côncavo e do convexo, do interior e do exterior, em cima e embaixo, definindo um espaço plural em que contido e continente se equivalem, entremudando-se.

Segundo a concepção da DOBRA em Leibniz, tudo se passa num universo curvo em dois andares que se interligam. "A curvatura do universo prolonga-se segundo três outras noções fundamentais: a fluidez da matéria, a elasticidade dos corpos, a mola como mecanismo " diz Deleuze, e prossegue: "Dobrar-desdobrar já não significa simplesmente tender-distender, contrair-dilatar, mas envolver-desenvolver, involuir-evoluir" e por isso o andar de baixo da dobra onde fica a matéria se prolonga no andar de cima da dobra onde se desenvolve a alma. Tal é muito resumidamente a teoria da dobra barroca.

O terceiro elemento da geometria fluida que aqui se propõe é a espiral, que não é senão a atualizacão gráfica da energia contida na mola, mas que encerra conotações dialéticas a que penso não podermos renunciar, sem riscos de uma auto-mutilação , uma vez que o PIXEL, como elemento sígnico único, contém em si a sua própria negação, a ausência de luz. Pixel que na sua capacidade de migração ubíqua realiza os saltos qualitativos necessários para se tornar significativo e até expressivo.

Organicamente digital, a poética do pixel liga-se subliminarmente à geometria fractal, uma vez que sem ela os atratores estranhos não se poderiam virtualizar em imagens visuais.

Assim, a própria geometria fractal é uma poética na qual se realizam todas as suas potencialidades quer científicas quer estéticas numa síntese até agora inigualada em que a beleza das imagens e a elegância matemática são uma só qualidade transígnica e transpoética.

As possibilidades de navegação em profundidade até milhares de ampliações; de animação por ciclo de cores, evidenciando a diferença entre estrutura e forma e com efeitos psicodélicos e tridimensionais; a projeção espacial tridimensional segundo parâmetros variáveis — são poderosas ferramentas de transformação das imagens fractais que evidenciam a sua natureza matemática iterativa e a sua auto-semelhança estética, o que efetivamente são uma e a mesma coisa.

5

Uma poética do pixel como a que estou tentanto desenvolver coloca-se no ponto de vista do operador e utilizador de hardware e de software, não no ponto de vista do inventor ou criador dessas máquinas e equipamentos, que evidentemente têm cada um a sua poética própria.

Uma idéia amplamente divulgada mas bastante confusamente assumida e desenvolvida é a de que só existe criatividade na invenção ou transformação do hardware e na criação de software. Isto é, só seria artista criador (sempre o mito do artista criador!...) aquele que criasse as suas próprias máquinas ou que modificasse as dos outros, para assim poder criar as suas próprias obras de arte. Torna-se manifestamente evidente que assim o eu do autor seria evidentemente um só, resolvendo-se por si e em si toda essa questão incômoda e ruidosa do eu ou do não-eu do autor, que ficaria no mesmo pé conservador e pacificamente convencional em que tem estado desde a Renascença. A questão da autoria sinergética e triádica seria então um falso problema porque a construção da máquina (hardware + sofware) traz em si o quadro conceptual em que as obras com eles produzidas taxativamente se inscrevem. Não existe portanto a criatividade do operador. A esta forma de pensar chamo eu de reacionária e passadista, mesmo correndo o risco de parecer politicamente incorreto. Mas sei que estou poeticamente correto e isso é o que está em causa. Basta considerar que o alfabeto que usamos é um software composto apenas por vinte e poucas letras e que, com variações menores, está em uso há mais de vinte e cinco séculos. Serve para escrever num número muito grande de algorritmos lingüísticos, ou seja línguas, usando métodos combinatórios que são para cada língua um enquadramento conceptual relativamente rígido. Mas em cada língua muitos e muitos milhões de pessoas usaram, usam e usarão o alfabeto ocidental para se exprimirem criativamente ou não e com originalidade ou não. O que se pode escrever com o alfabeto não está certamente previsto nem sequer contido nesse alfabeto, a não ser como uma forma abstrata de abstração, embora o uso do alfabeto tenha determinado a evolução e formação do pensamento ocidental num quadro cultural muito amplo, quadro esse em que a criatividade e inventividade dos utilizadores está muito longe de se esgotar.

A questão reside portanto nas características do software usado, isto é, se no seu quadro conceptual está contida ou não a libertade probabilística e combinatória permitindo a intervenção criativa dos utilizadores. A estes cabe a escolha dos softwares e a decisão do seu uso. Tal decisão faz evidentemente parte do processo criativo já que dela depende também a liberdade de operação e portanto a complexidade e a qualidade das imagens que será possivel produzir. Porque existem softwares que rapidamente se esgotam e outros que permitem uma dificilmente esgotável mobilidade transformativa dos pixels que constituem as imagens virtuais.

NÃO FINAL

Neste livro que denominei transgressivamente de "ALGORRITMOS" reúnem-se alguns tipos de infopoemas em que, com o rigor do preto/branco se começam a exercitar as possibilidades do pixel, projetando-se em textos visuais, em sobreposições, em anamorfismos, em fractais e em objetos 3D que originam escritas híbridas, questionando e problematizando tanto as noções de escrita como de leitura, pois agora se trata muito mais de co-elaboração dos objetos poéticos ditos poemas , incitando-nos a usar a visão como um instrumento ótico-conceptual privilegiado para a produção de emoções estéticas.

A infopoesia, os infopoemas, ao atingirem graus de complexidade estrutural e perceptiva de outro modo impossíveis de alcançar, são, muito provavelmente, uma outra coisa que nada tem a ver com a poesia como ela é convencionalmente entendida. É que o nó da questão não está na poesia mas na poeticidade inventiva que agora se representa como uma virtualização da virtualização, o que pode tornar-se num ponto de não retorno para a própria percepção do poético, uma vez que as imagens são luz e a luz branca é a síntese total.

São Paulo, outubro de 1997

algorritmos

NORTE
MORTE

OESTE
O OUTRO

LESTE
ESTE

SUL
LUZ

não

sinto o sentido

não o sei

sabido o não

nada o nada dado

esquecer

é um acto amoroso

que se (me) projecta

no futuro abismo

silenciosamente

(dolorosamente)

infinitos
infinitos
gritos
silêncios
ecos

é exercício

que só tem fim

o risco
perigo
traço

leques

loucos

o frio
quente

azul

VASO
VAZIO
CHEIO
DE
VASO

mágoa
tábua
na
água

mundo
imundo
no
fundo

+

desaparece
na
névoa
tece

URDIDURA
DE LUZ
PASSAGEM

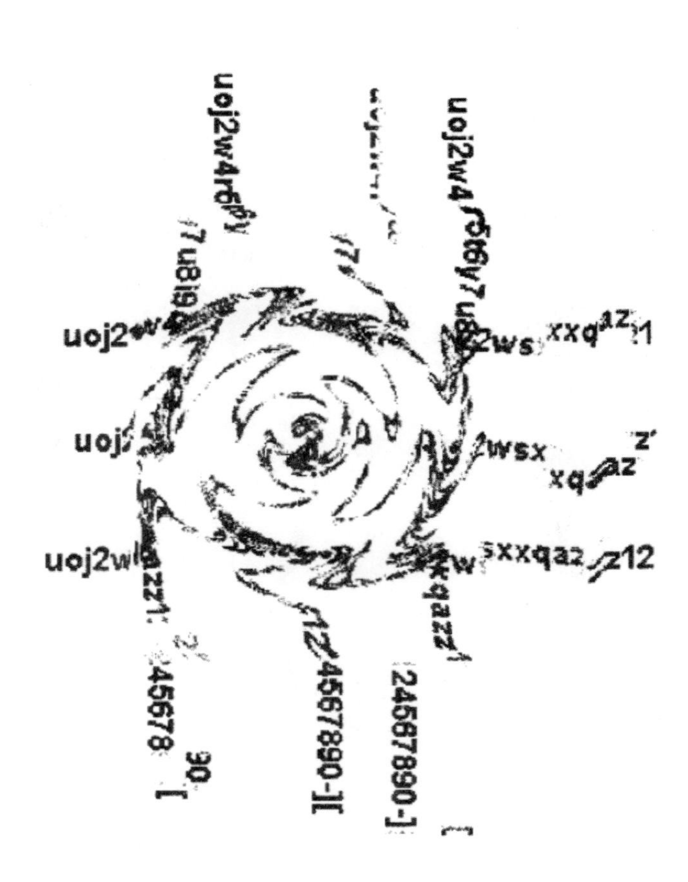
uoj2w4r6y
uoj2w4r5t6y7 u8
24567890-]
45678
uoj2
uoj
uoj2w
wsx
xq az
sxxqaz z12

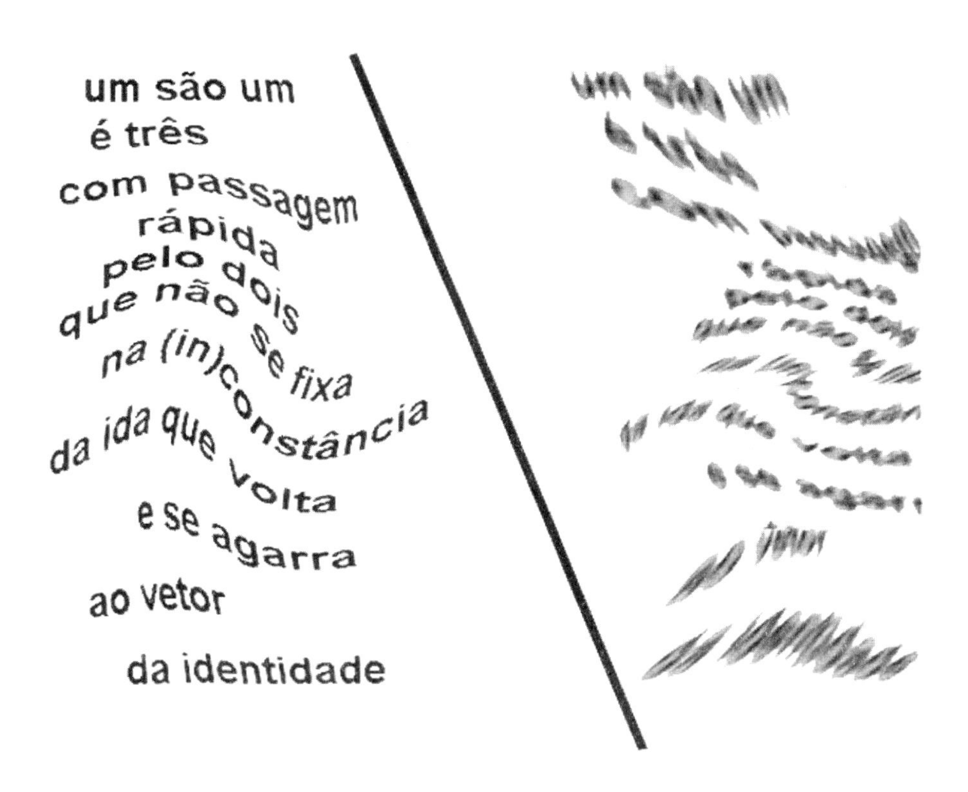
um são um
é três
com passagem
rápida
pelo dois
que não se fixa
na (in)constância
da ida que volta
e se agarra
ao vetor
da identidade

um são um
sempre na
posição erecta
de ser-são
como não é
por definição
imperiosa
uma coisa sonora
visualmente aberta
no espaço

um são um

(in)divi duo

(in)di viso

(in)visivel

com os sinais
plurais
dos pássaros
musicais

um são um

com os sinais
plurais
dos pássaros
musicais

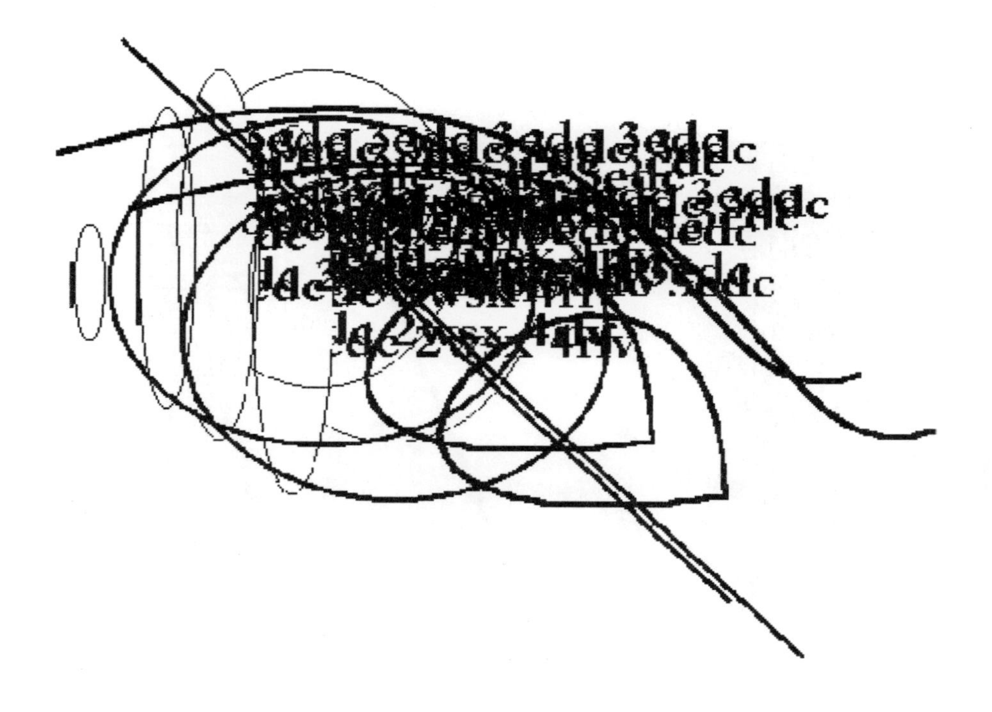

insigno ocular

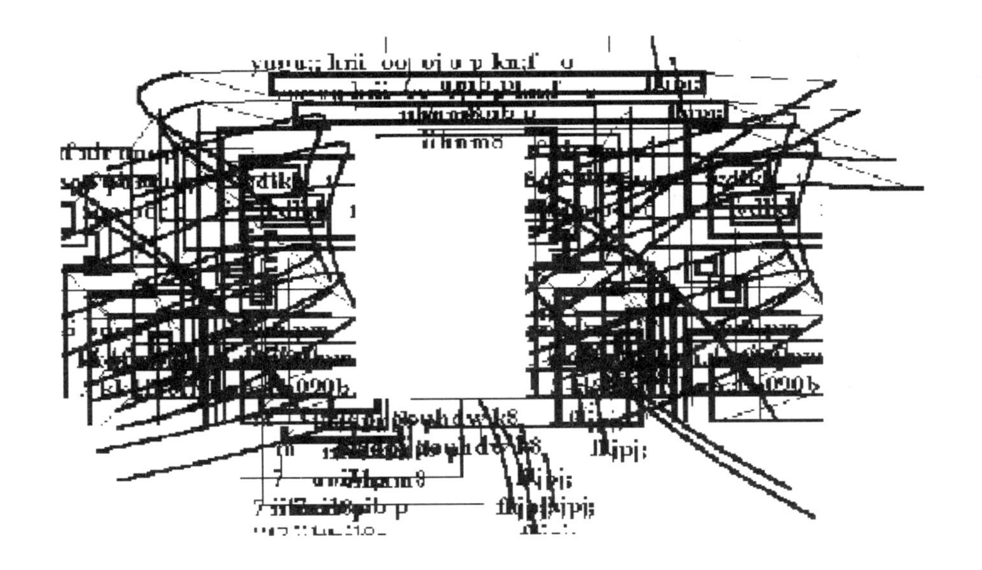

insigno panorâmico

insigno escritural

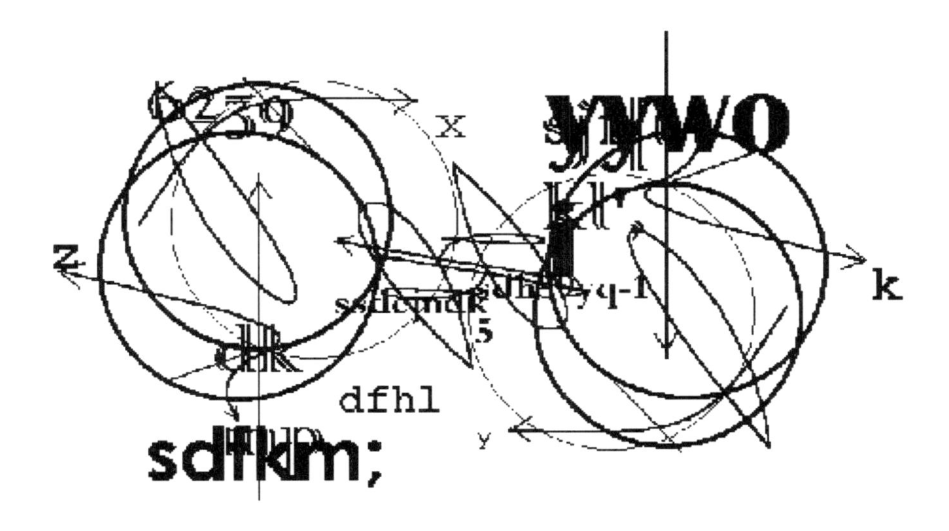

insigno hermético

também
quando o dia
vem
com um
nem
do
além
porém

gota
a
a
gota
a
tudo gota
esgota
o
esgota
o
nada

amor

som
som
som
bra

ovocubo

multi
tstérico

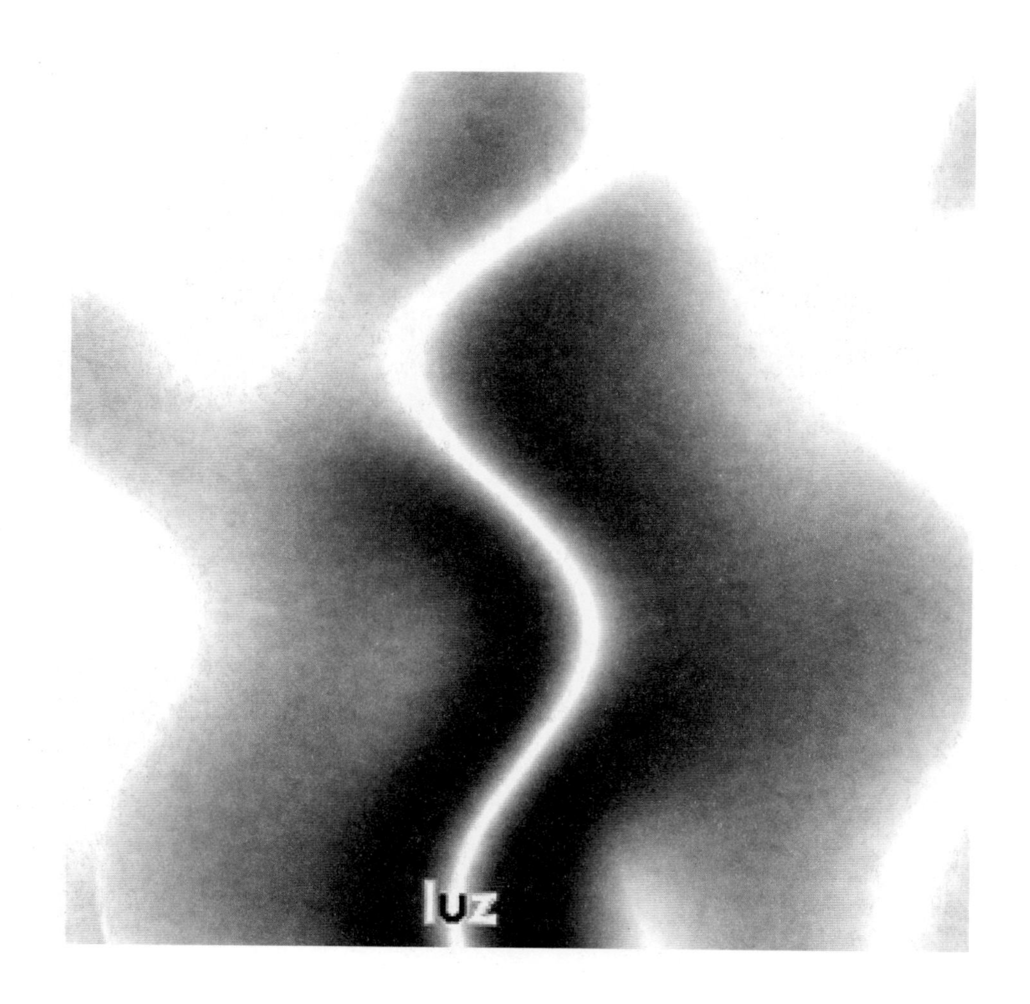
luz

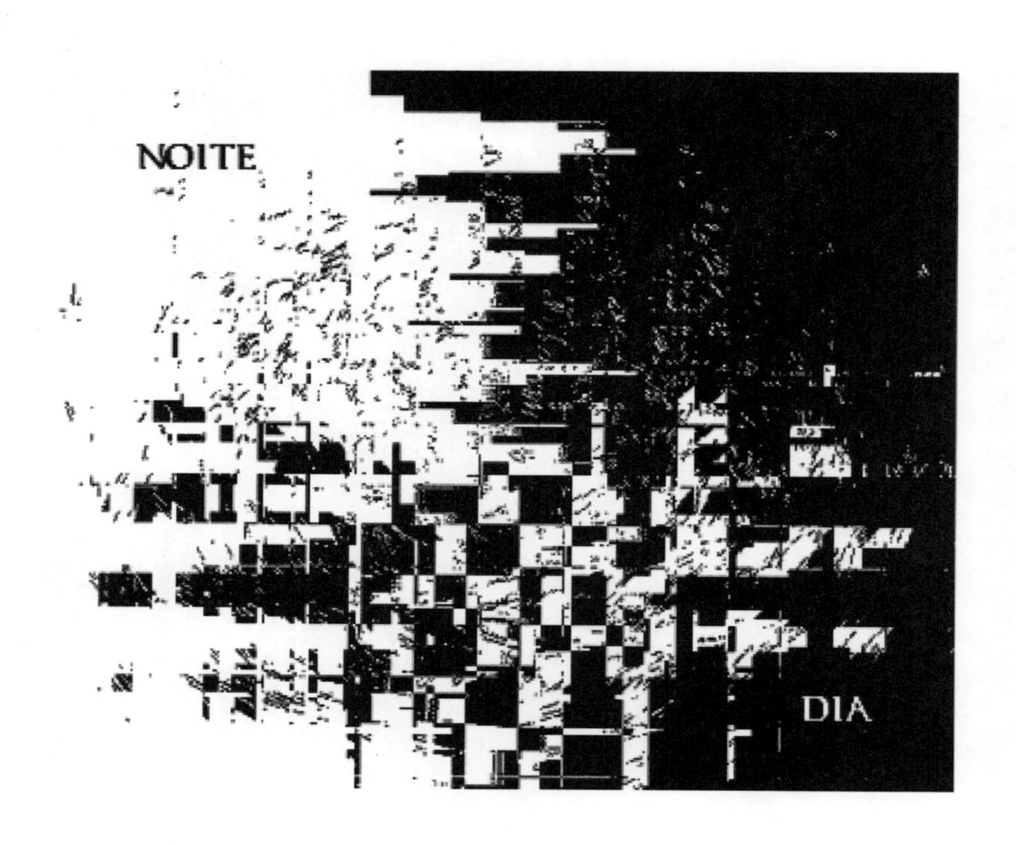
NOITE
DIA

verso
verso
ágil vento
ágil vento

*des*aparecimento
subliminar
de uma sílaba

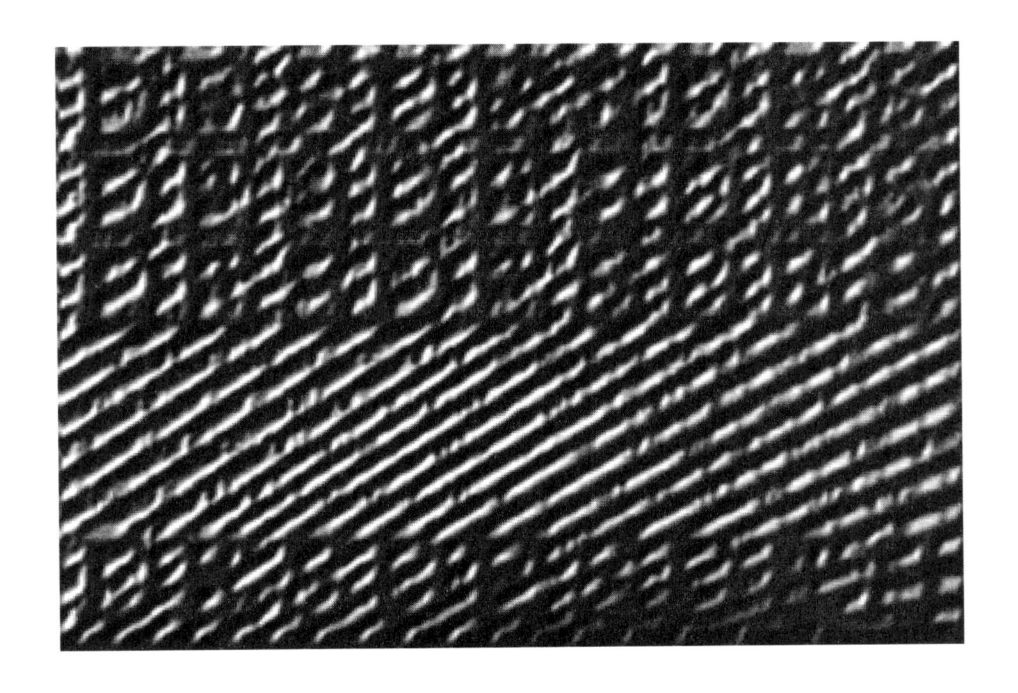

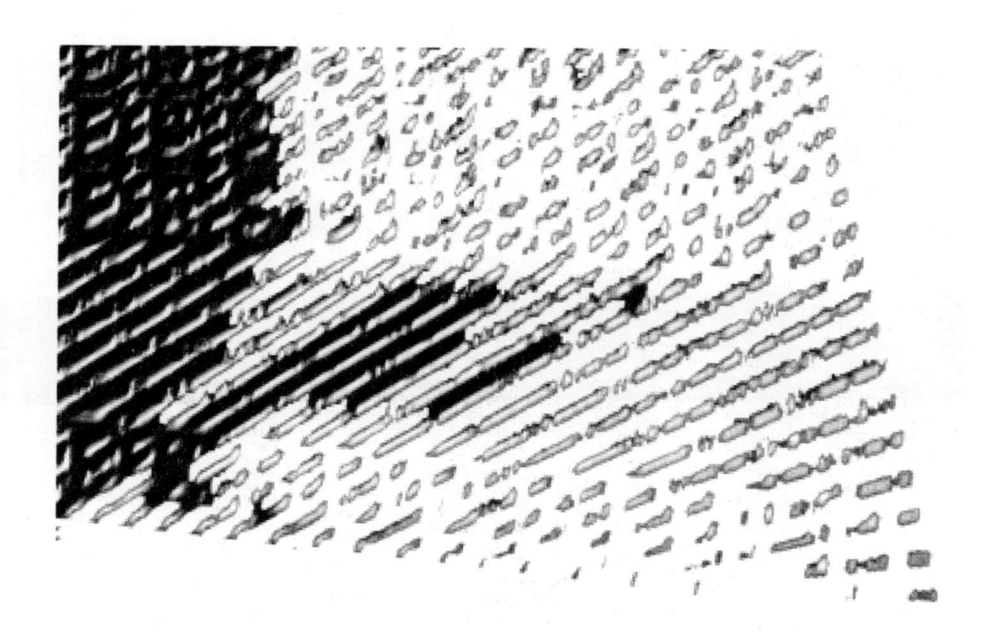

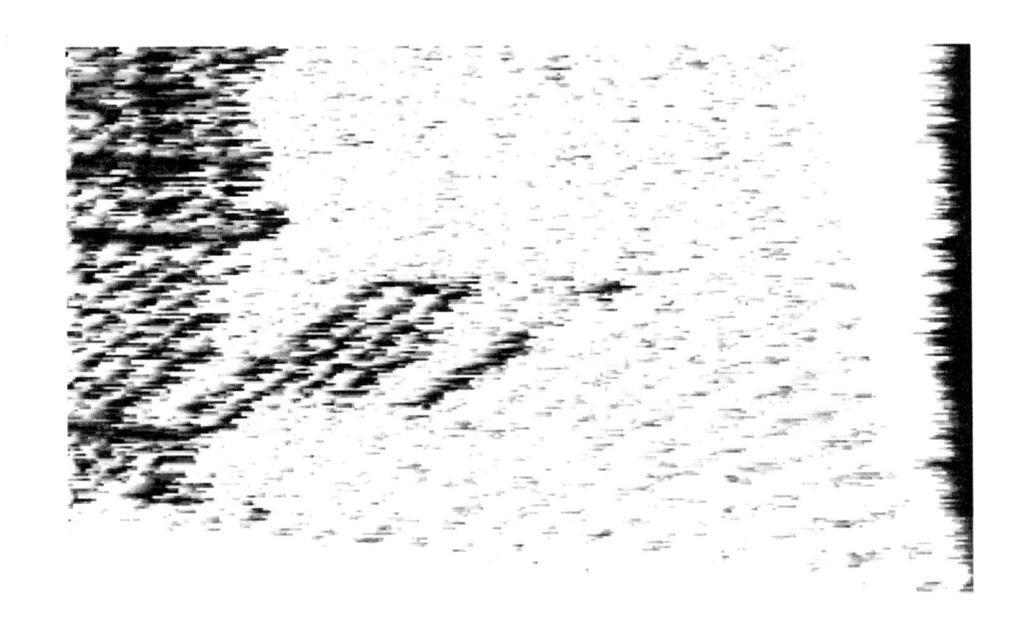

sobre/
/interferências

1. PALAVRAS CHAVE: padrões de interferência; legibilidade inútil; sentido não produtivo; turbulência sígnica; sobre(im)posições; poética da desleitura; criptovisualidade; transentidos; ruído subliminar; transzero ; opaci(vi)dade; negolucidez; visual-visual; ilegibilidade dialética; próprio poético.

2. A perda de sentidos é um dos sentidos que mais freqüentemente se perde = se encontra. Perder os sentidos é perder o contacto com(?) . Simular a perda do sentido pode, no entanto, ser um transprincípio criativo: a produção de outros (quantos) inesperados sentidos.

3. Padrões de interferência: efeitos cinéticos interativos obtidos por sobreposições sucessivas de elementos sígnicos. A sobreposição de textos como princípio de abstração resultando em imagens não necessariamente verbais (literais) de geometria variável, propondo diferentes possibilidades de leitura: a ilegibilidade como leitura visual-visual. No mesmo passo as interferências podem abrir lapsos de legibilidade literal aleatórios, de sentidos inesperados(?). Signos verbais e não verbais se potenciam outros.

4. Condições de ilegibilidade: o texto não existe (não foi escrito); o leitor não existe (não nasceu ainda); o texto existe(já foi escrito); o leitor existe (não sabe ler o texto) não é leitor; o leitor existe, sabe ler, mas ignora a existência do texto; o leitor existe mas o texto está longe da sua vista; o leitor existe, sabe ler, o texto está perto da sua vista, mas não quer ler o texto; o leitor é cego e o texto não está escrito em braile; o texto existe, não de um modo que o leitor se possa dele aperceber; o texto foi escrito a preto sobre preto; o texto não existe porque o leitor o ignora; o texto foi escrito a branco sobre branco; o texto não existe porque não é texto; o texto não é texto porque foi escrito de um outro modo; o texto é texto porque há sempre um modo outro (mesmo desconhecido) de ser lido e/ou de não ser lido; o leitor é leitor porque pode sempre inventar um modo de ler e/ou de não ler qualquer texto, mesmo o ilegível.

5. De outro modo: a) a ilegibilidade é do leitor; ele não conhece o código em que a escrita está escrita, quer seja ideogrâmico, silábico, alfabético, mixto ou outro. b) a ilegibilidade é do texto; ele não usa nenhum código(?) ou o código é visual-visual ou usa vários códigos simultaneamente, ou usa códigos conhecidos mas dum modo desconhecido.

6. Estamos perante a desleitura nas suas infinitas formas por sobreposição e interferência sígnica, criptovisual e talvez mesmo subliminar, abrindo-se para os transentidos. A ilegiblidade que aqui se escreve não é efetivamente nem do texto nem do leitor, mas sim de ambos, interativando a opaci(vi)dade de um com a negolucidez do outro. Não existe a ilegibilidade do sentido porque ele sempre se lê em todos os sinais (não há sinais inocentes) mas sim a constante variabilidade e oscilação entre *sentido literal, sentido metafórico, sentido visual-visual e transentido,* tendendo para o transzero da mensagem: transliteralidade que se abre para a ilegibilidade dialética, para a poética da desleitura, para o próprio poético.

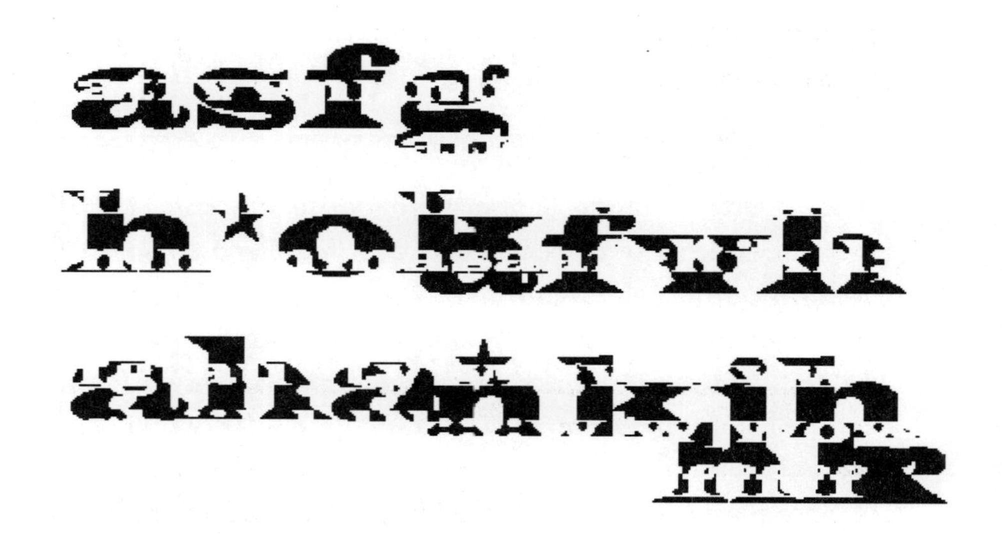

literalidade inútil

ruídos subliminares

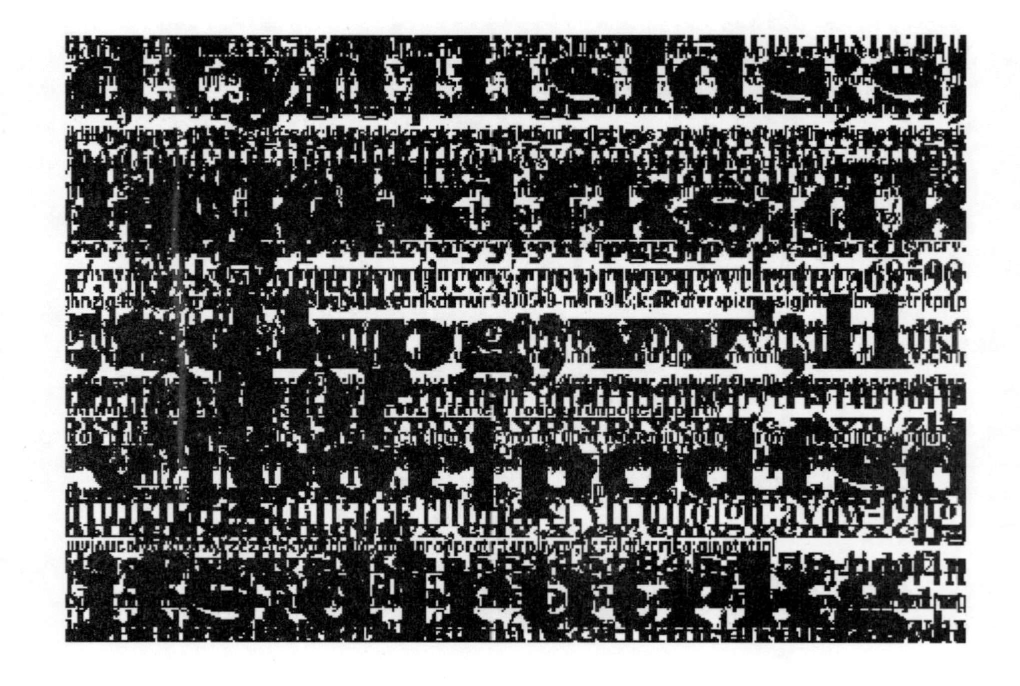

opacidades

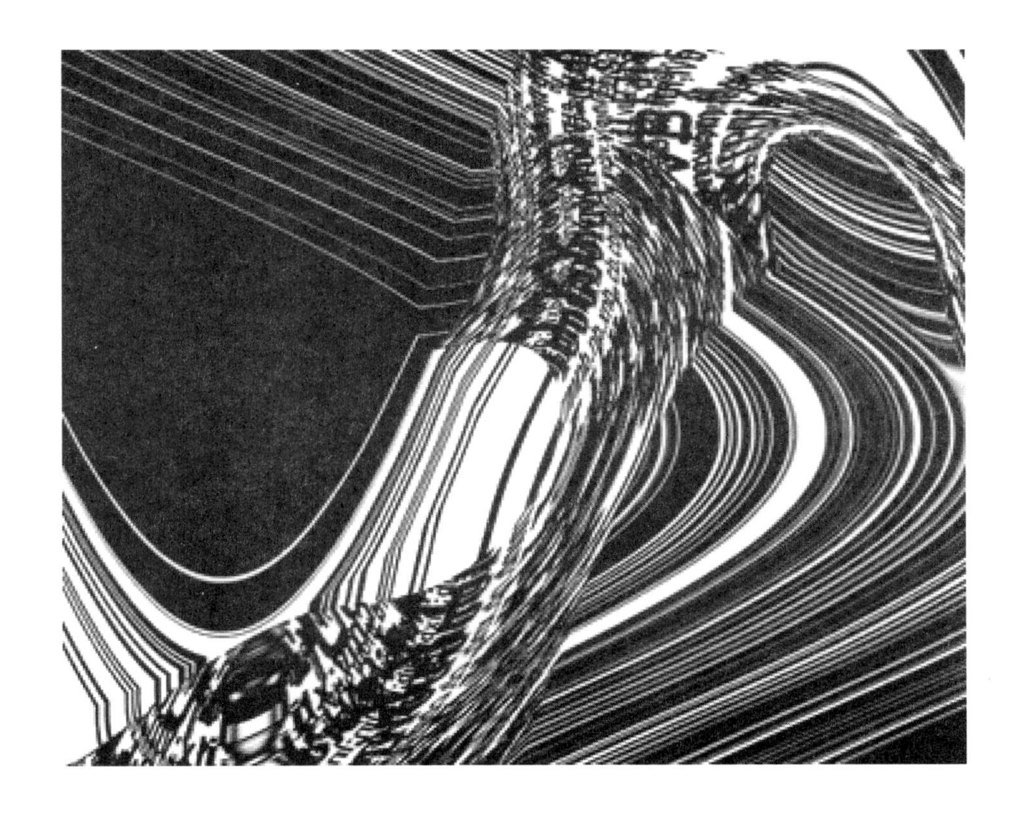

geometrias variáveis

turbulência sígnica

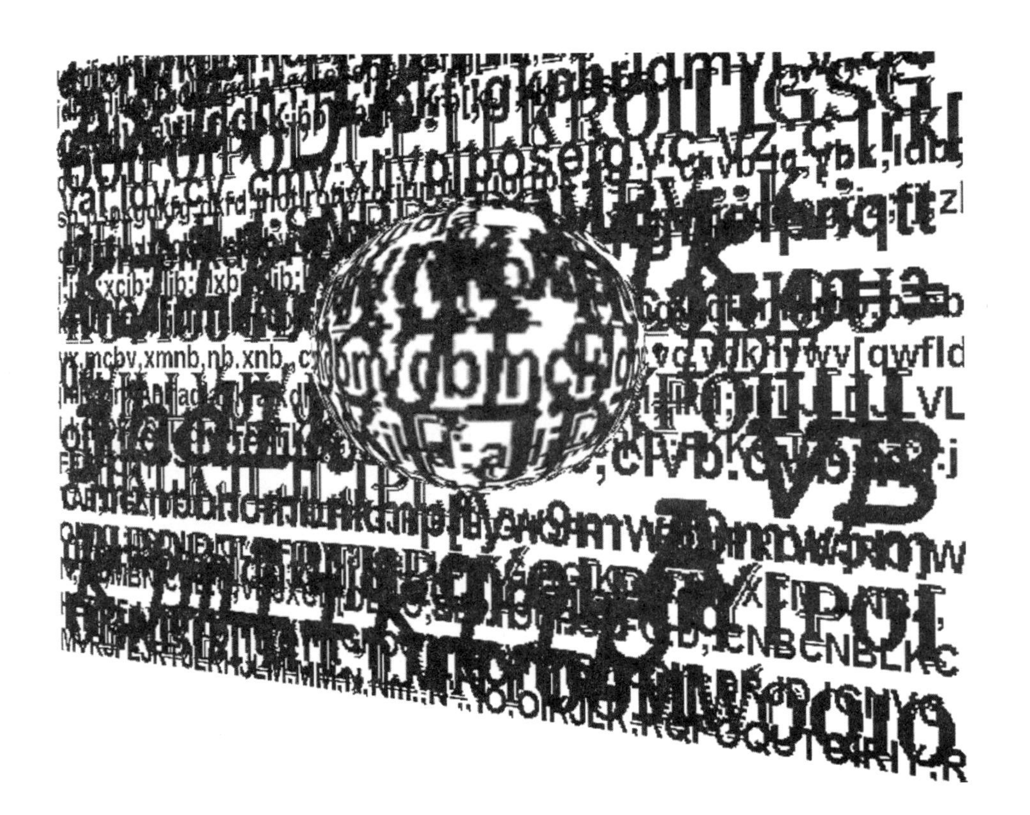

transentidos

ilegibilidade dialética

interferência negolúcida

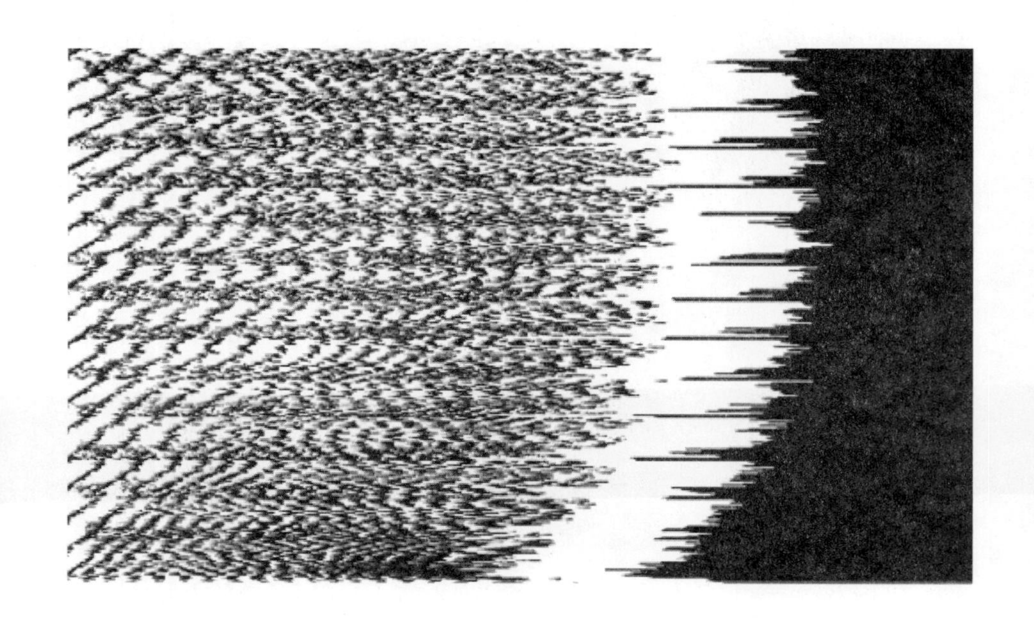

criptovisualidade transzero

entes contrassemióticos

tridialógicos

TODOS

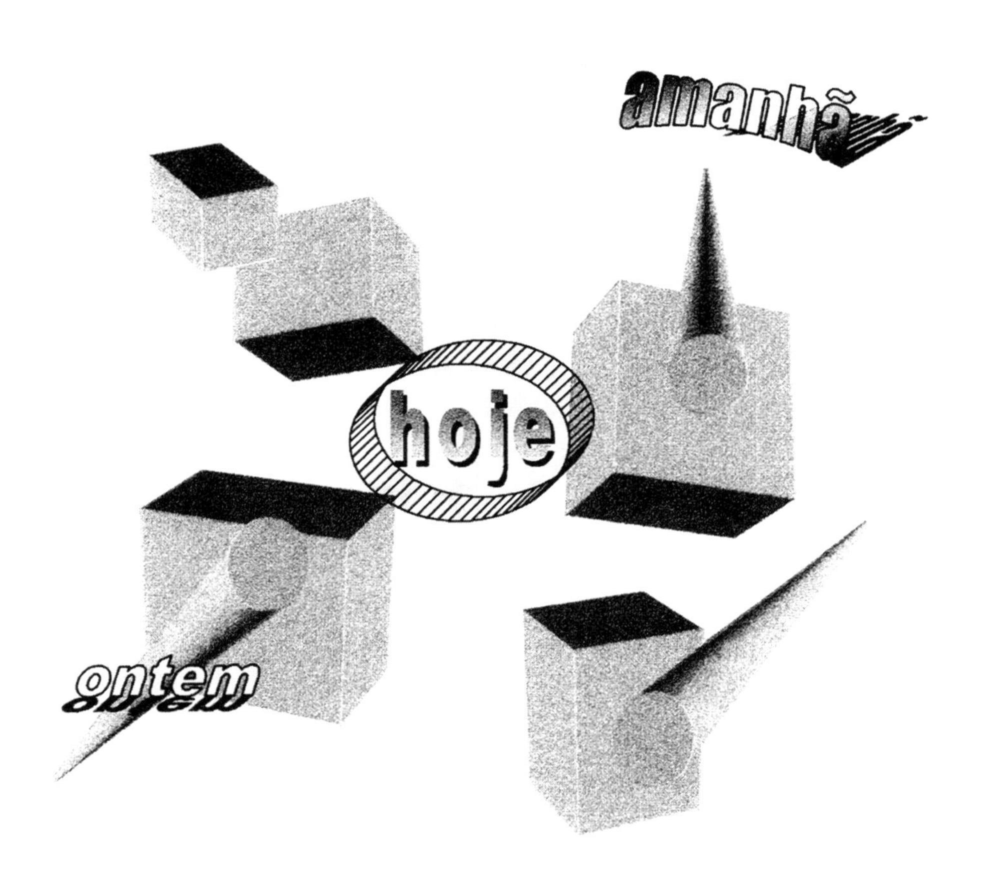
amanhã
hoje
ontem

espaço
passos

além

aquém

morte
vida

hiperescritas

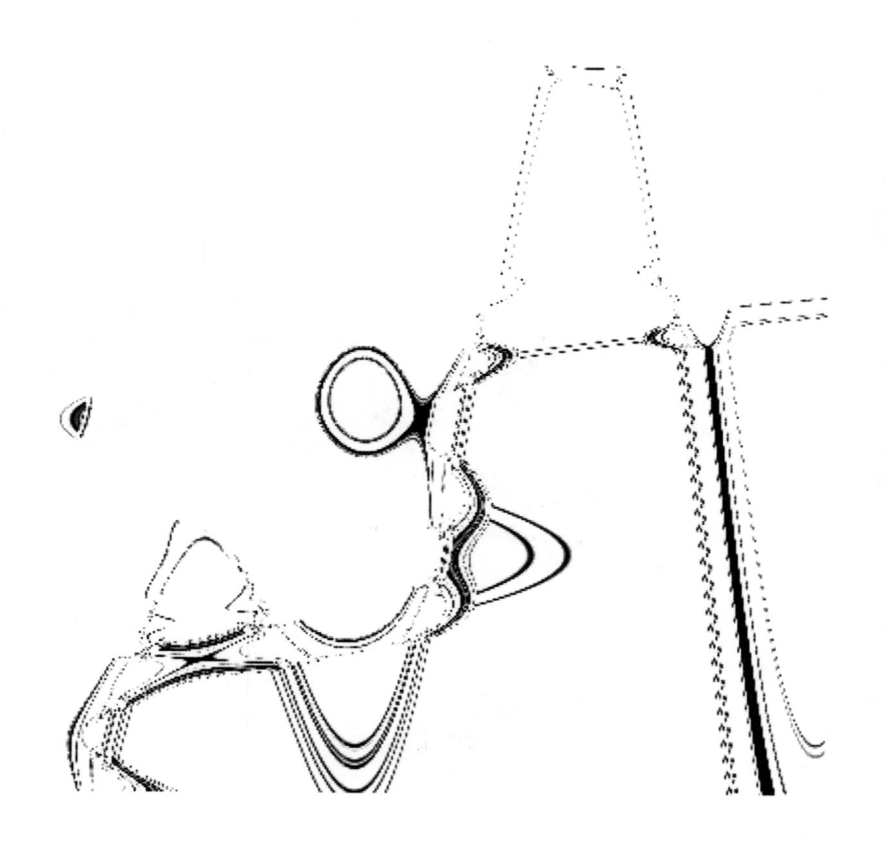

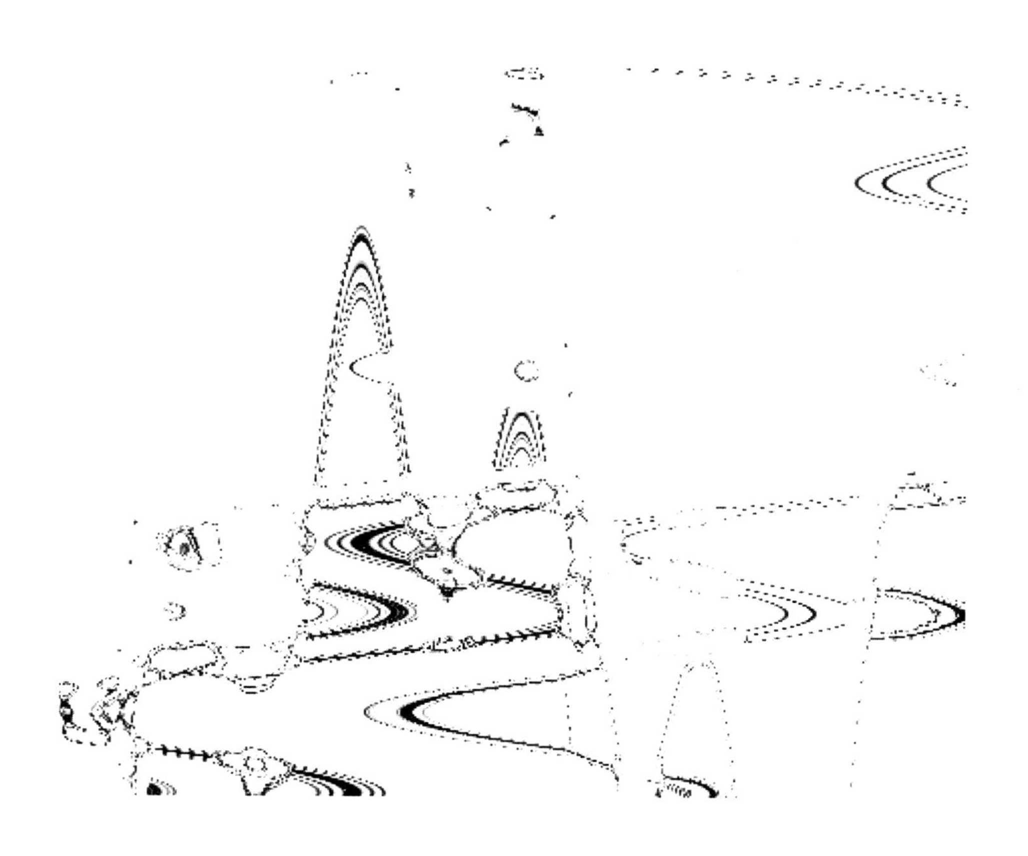

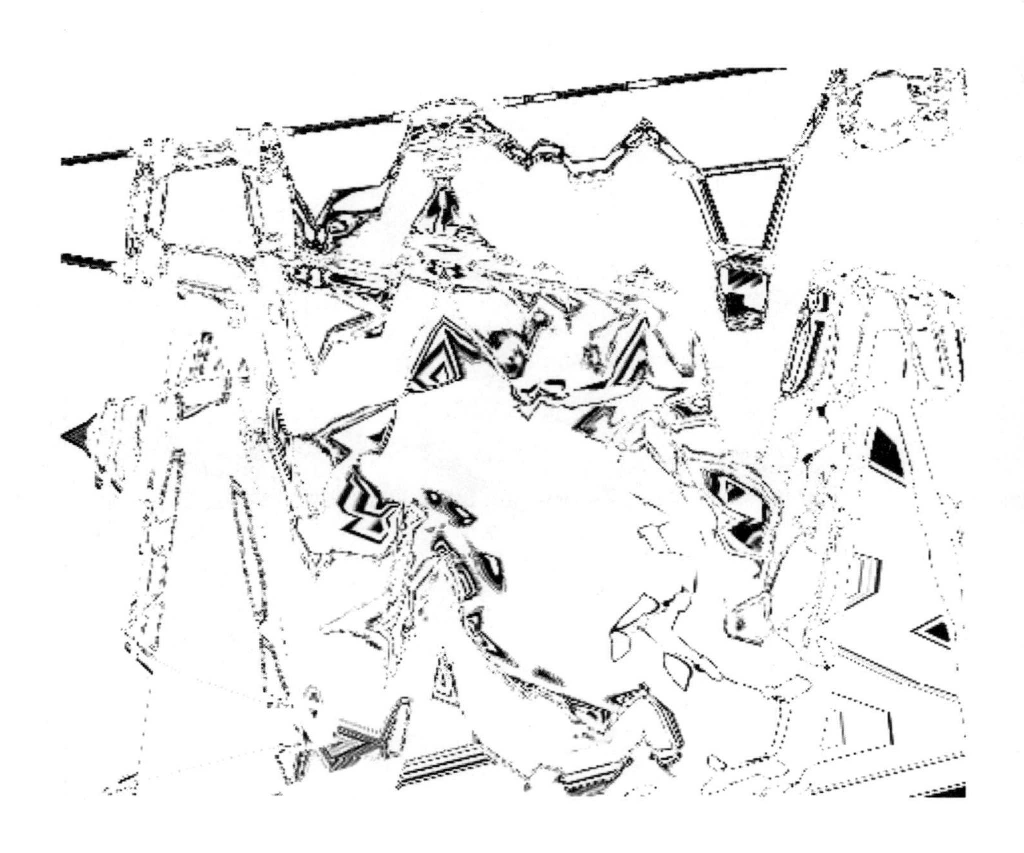

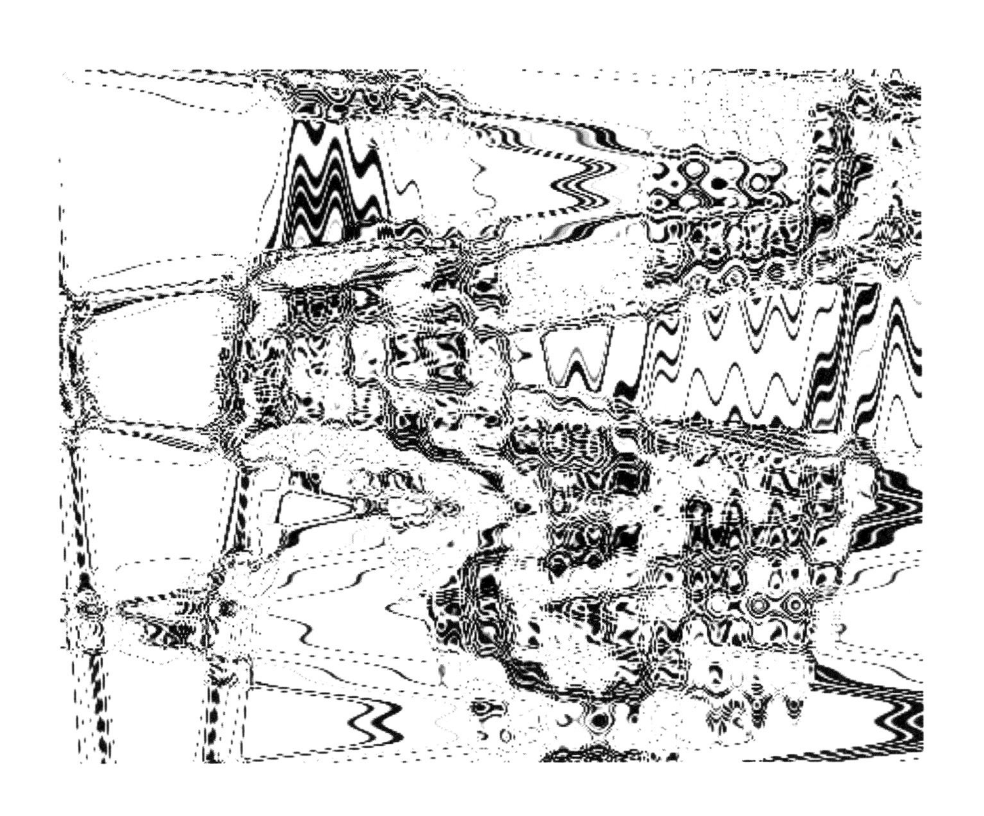

fractopixels

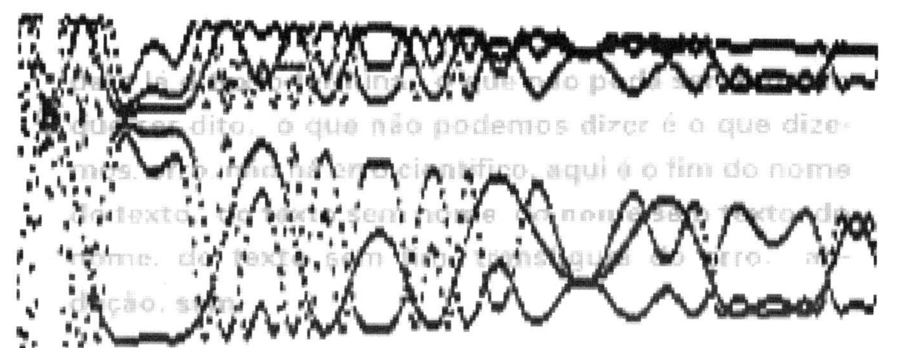

aqui não há texto, aqui não há o que há. não há o que não há. aqui não há aqui. o texto termina ali. erro de ótica. o texto é cego (homero) o texto não vê que não é texto. não vê que não é aqui que há texto. não vê aqui o texto que termina aqui. fim

que termina aqui. o fim virá depois. nós.

vibrações fractais

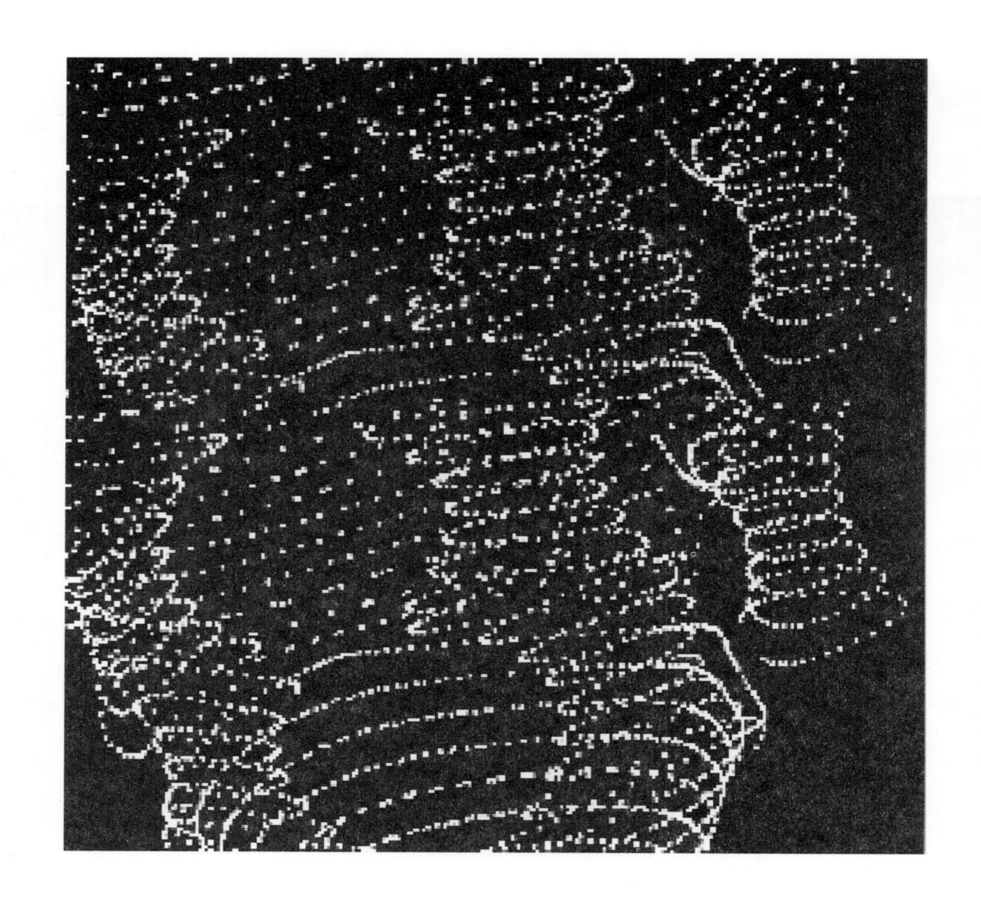

espirais fractais

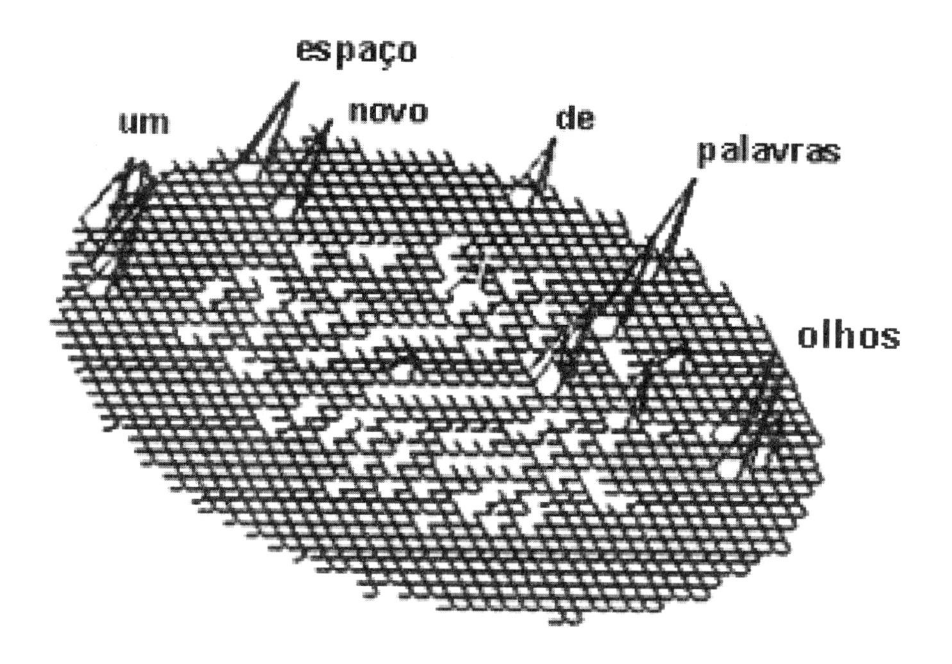

superfície fractal

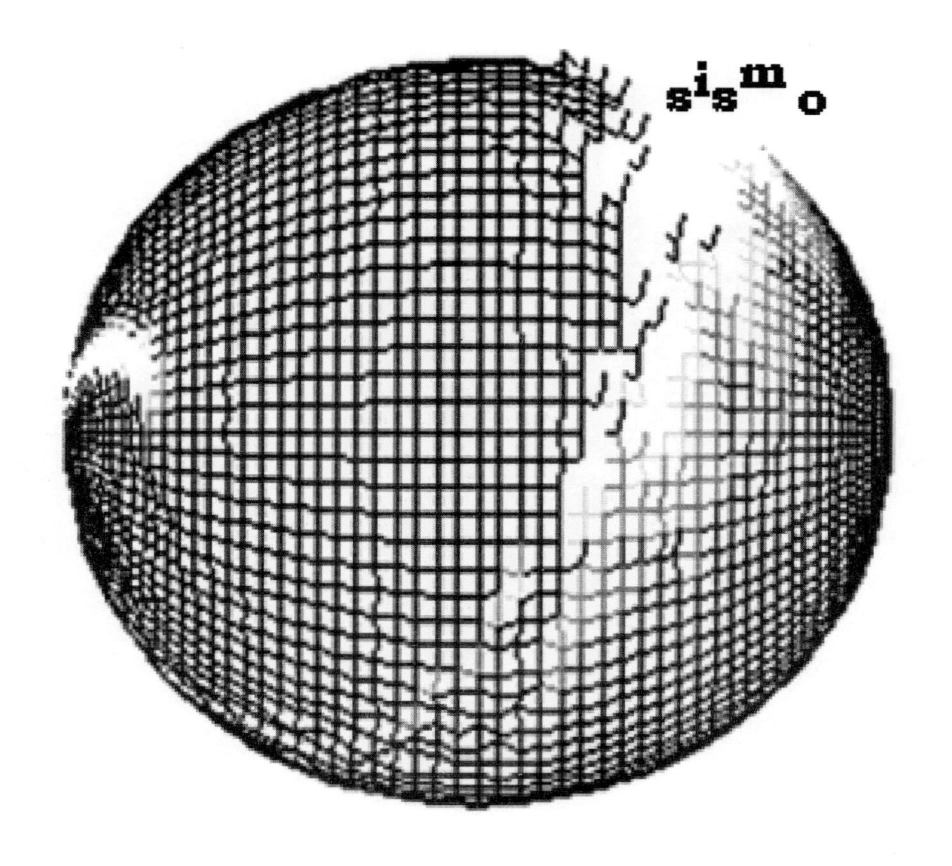

globo fractal

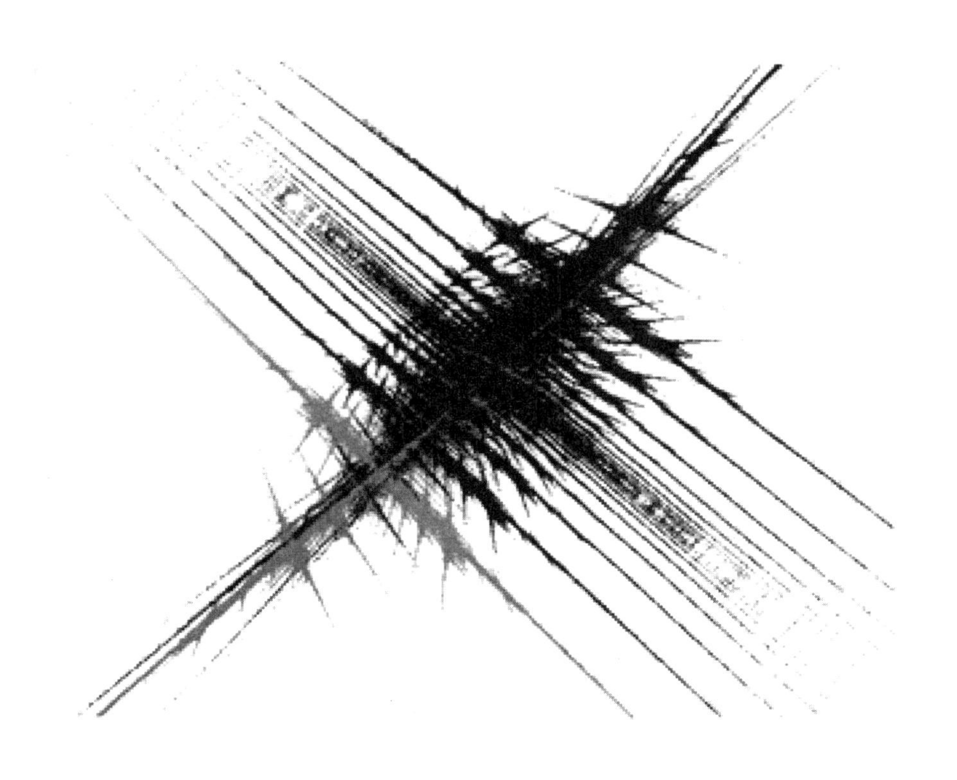

cubo fractal

fractal
a sombra sombreia
a móvel parábola
do som
fractal
a aura oiro
induz a sinusoide
da palavra

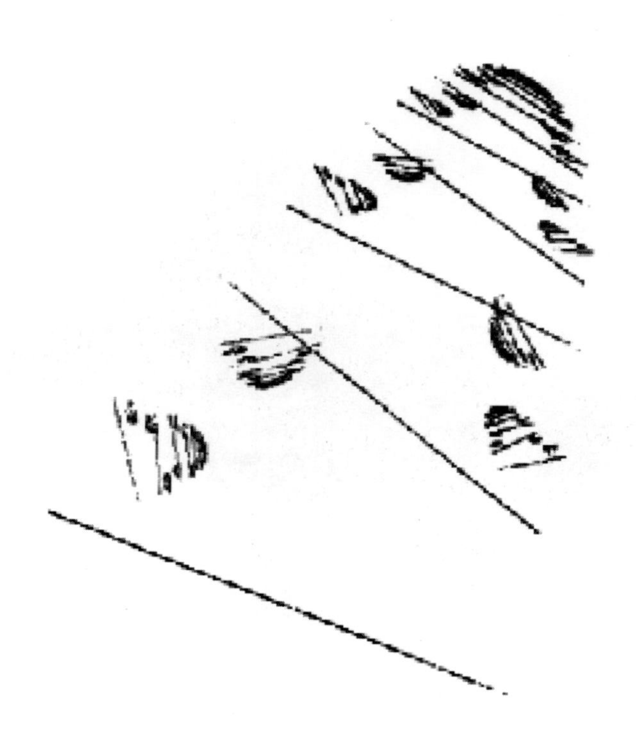

passos fractais

dobras fractais

fracto sentimento

cripto escrita fractal

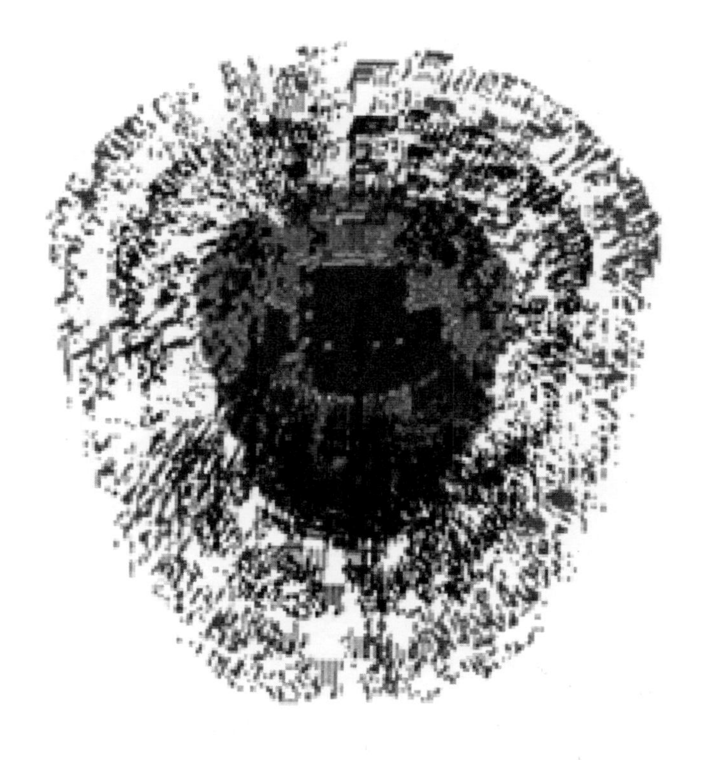

cérebro fractal

transfim

o fim chegou ao eu
do avesso
e ficou poesia

o fim da poesia
chegou ao avesso do eu

o fim chegou ao eu
do avesso
e ficou poesia

o avesso chegou
ao fim da poesia
e ficou eu

o fim da poesia
chegou ao avesso do eu

o fim chegou ao do avesso
e ficou poesia

o fim chegou ao do avesso
e ficou poesia

o fim chegou ao do avesso
e ficou poesia

o fim chegou ao do avesso
e ficou poesia

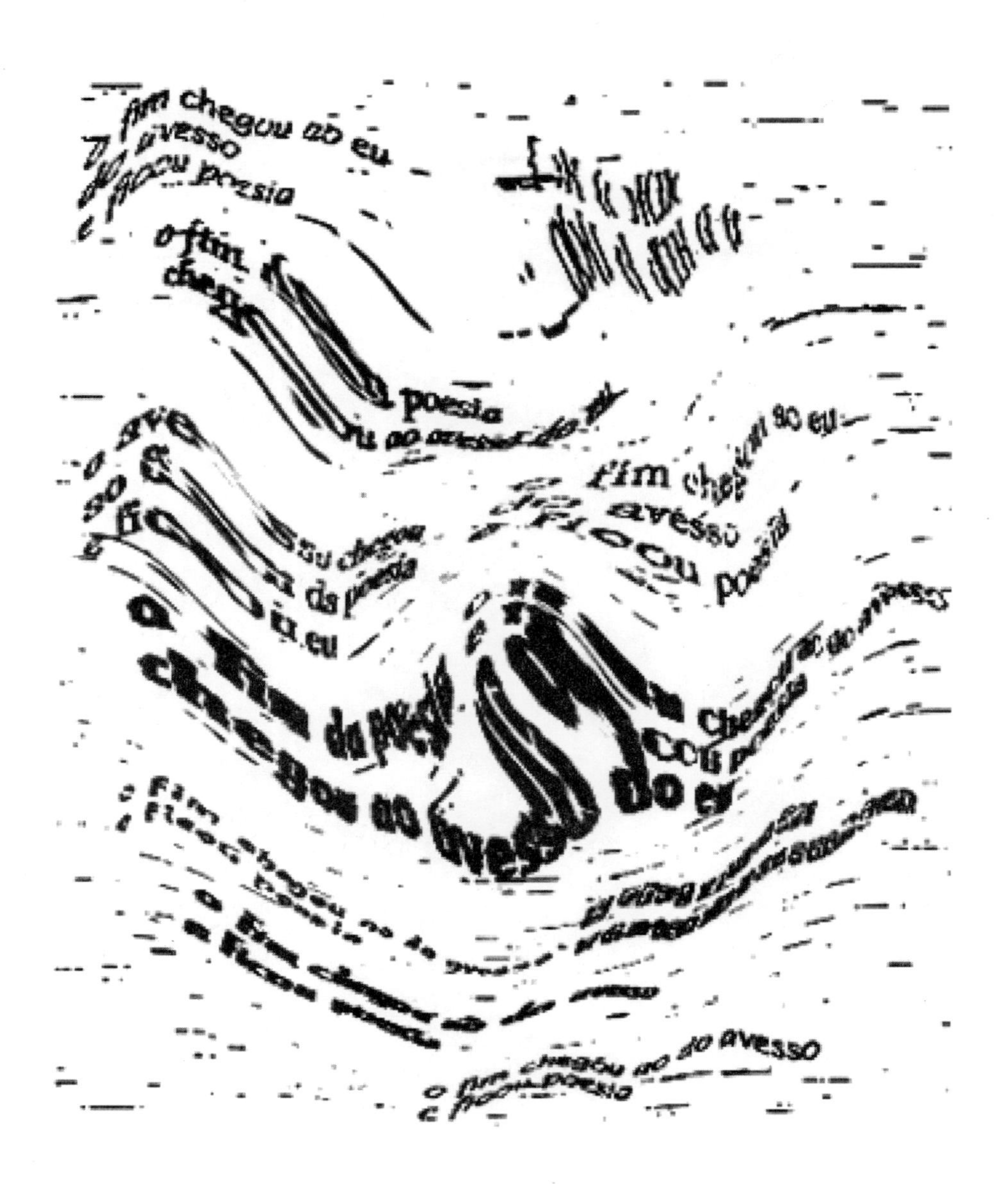
fim chegou ao eu
avesso
poesia
o fim chegou ao do avesso
e ficou poesia

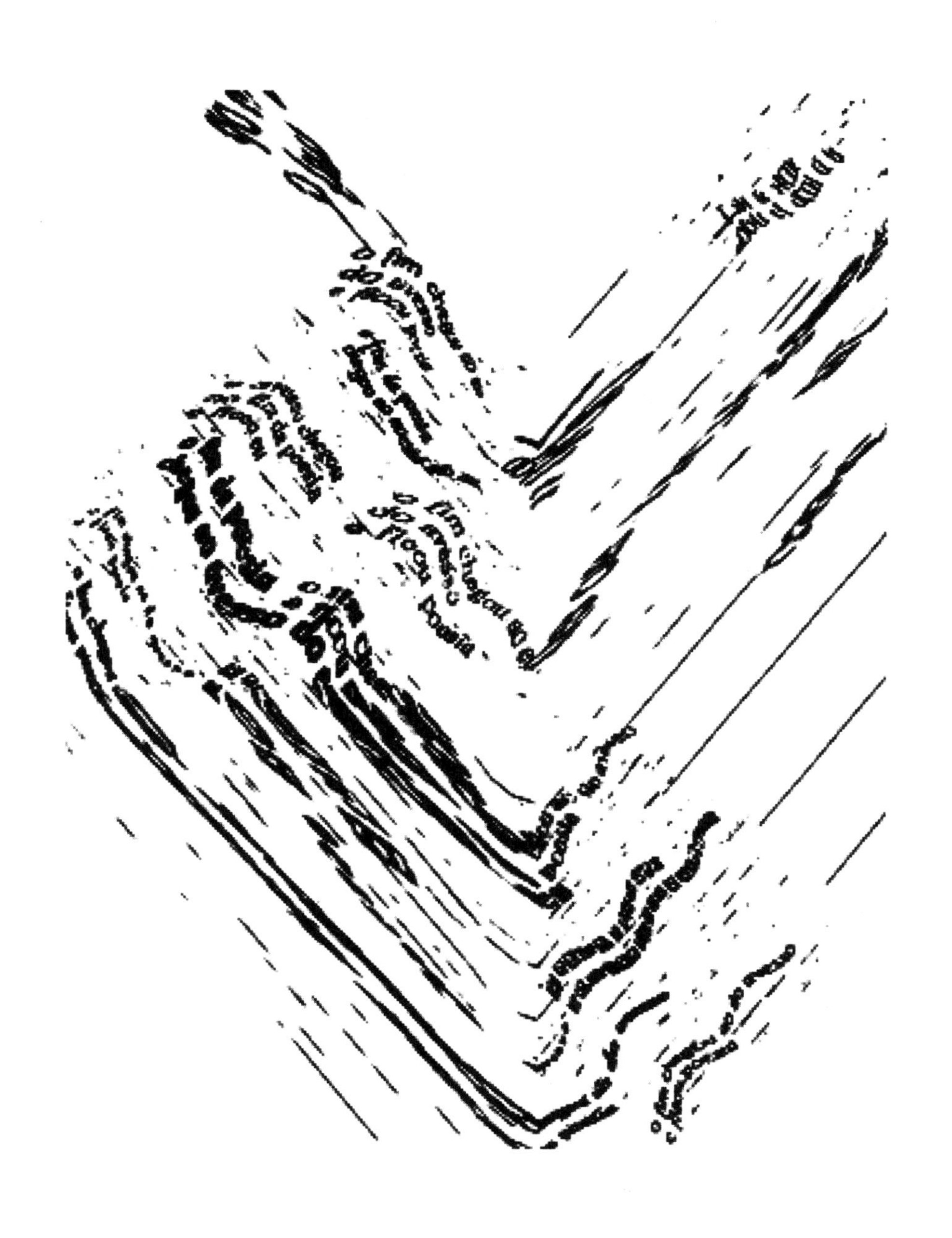

INÚTIL

SOBRE A **DO TEXTO**

RECUPERAÇÃO

) ... ! ...

.... olho para todos os olhos / todos os olhos me olham ninguém me vê e eu vejo ninguém ....

as luzes diretas nos

aos

dos

meu sOlhOs

(não vejo ninguém e no entanto todos os olhos me olham e eu olho todos os olhos e eu não sei dizer de quem é nem quem é esse olhar coletivo que me olha e que eu olho até por dentro das minhasnossas retinas espreitando qualquer coisa que eu terei talvez que nós todos teremos no cérebro ou para além (ou para lá) de qualquer coisa nos nossosmeus olhos já agora procurando invisíveis pontos)

no mais exíguo espaço de escuridão
que eventualmente encontro à minha frente quando dentro
de mim ou de mim começam a jorrar sons que apagando
as luzes uma a uma a uma a uma a uma

sons que revelando e devolvendo a luminosa escuridão ao mais indefinido sentido de estar num tempo com um tempo de estar e ver com um tempo de olhar só (único) frente à massa sonora que eu próprio produzo e decanto com os meus olhos) ENSURDECEDORA (

no mais estreito tempo de
escuridão que certamente encontro em meu redor

(n vezes (n = não) volto sempre ao revolto ponto x e reconstruo o que meço com medidas dum tecido cada vez mais frágil = ágil de fraturas e elos alados de espaços idos.

índice

ESTE LIVRO DE INFOPOESIA FOI TOTALMENTE CRIADO
EM SÃO PAULO, DE JANEIRO A OUTUBRO DE 1997
USANDO OS SEGUINTES INSTRUMENTOS
INFORMÁTICOS : UM COMPUTADOR
PENTIUM 166 E OS PROGRAMAS
PAINT, ADOBE PHOTOSHOP,
WORD 97, FRACTINT
E FDESIGN EM
AMBIENTE
WINDOWS 97
E FOI
IMPRESSO
NA GRÁFICA PAULUS PARA
MUSA EDITORA EM ABRIL DE 1998 EM SÃO PAULO, BRASIL